生きていて良かった

由紀美
Yukimi

文芸社

はじめに

コロナ禍で今までとは生活が一変して、この先を心配している人たちが、大勢おられると思います。

若い頃は、保育園で保母（保育士）として幼児教育に関わり、十年勤務しました。民生児童委員を二十二年半任命されて、地域の社会福祉、また児童の健やかな成長に寄与すべく、福祉全般に活動してきました。

今は高齢者になり、地域の人たちに見守られています。ありがたく感謝して独り暮らしをしています。高齢者の集いに参加して、笑いがなかった日々から、笑えるようになって嬉しく思っています。

私の経験してきたこと——オイルショック、バブル崩壊、そしてリーマンショックで会社経営が続けられず倒産したこと。自死を考えてから、現在に至るまでを皆様に読んでいただけたらと……。初めて書籍化させて頂きました。

コロナ禍で、いろいろ難題にぶつかっておられる方たちへ。

諦めないで、困った時は行政に相談に行ったり、周りの方に相談したりして、問題解決に努め、頑張って生活していけば、いつか笑える日がきます。

生きていて良かった◇目次

戦争の時代に生まれて

二〇二二年の二月にロシアがウクライナ侵攻を始めた。毎日テレビで悲惨な映像が放映されている。戦争を一刻も早くやめて、次世代にも悲しいことが続かないように、平和を祈らずにはいられない。

太平洋戦争で、母や祖母に背負われて近くの防空壕に逃げた記憶が蘇る。間近の空襲警報の時は、家の庭に掘った防空壕に逃げ、道を歩いていた女の人が「入れて下さい」と入ってきた。

早めに襲撃の分かった時は、遠くの山の裾野にある、家財道具を入れてある防空壕に逃げたことが、今でも思い出される。暗い夜空に赤く点滅する爆撃機の音が怖く、また、家に帰ると、ガラス戸が破壊されており、玄関の敷居に焼夷弾が打ち込まれていた。母が「私たち、逃げていたので助かったね」と話したのを、思い出す。

上を見ると爆弾を落とす飛行機が飛んでいて、本当に怖かった。母と祖母は毎日のように「びいにじゅうく」と言っていた。それがアメリカの爆撃機「Ｂ29」のことだと知ったのは、だいぶ大きくなってからだ。

後に母の話を聞くと、自宅が航空隊の近くだったので、艦砲射撃を何回も受けて、随分怖い思いをしたとのことだった。

大人になって空港に行くと、当時の爆音が蘇り、気持ちが悪くなる。

私は、昭和十六（一九四一）年十一月二十七日生まれ。母が、産後のまだ日立たぬ布団の中で、ラジオから「開戦のことを知った」と後に話してくれたのを思い出し、ウクライナの人たちのことを思うと、心配で涙が溢れてくる。戦争は絶対にやってはだめと叫びたい。

戦死した父との記憶はたった三つしかない。意味は違えど、「三つ子の魂百まで……」ということわざが鮮明に思い出される。声も顔も分からないが、それでも私には、大切な大事な忘れられない記憶だ。今思えば記憶があるだけ、ありがたいと思う。

私の弟は二歳違い。「出征の時は、生後百日だった」との母の話だから、父の記憶を持たない弟は、尚更可哀想だ。

出征前の面会の後、名古屋へ移動した際、初節句のお祝いとして大きな鯉のぼりを送ってくれた父の気持ちが、大きくなって分かる。この鯉のぼりは、母や祖母の力では上げられず、弟が三歳くらいから何年か、ご近所のお家の方が一緒に、ご親切に上げて下さった。弟も「鯉のぼりが居候になった」と大喜びだった。

父との記憶の一つ目

父の出征前の面会は千葉県の習志野だった。母と弟と何時間もかけて汽車に乗り、母の妹も家に同居していたので、一緒に行った。

途中から複線になり、反対車線の電車のすれ違いざまの風圧で「バァーン」という凄い音がする。混雑した車内に、私は「もう、あっちゃん」と言って泣いた。「あっちゃん」は、ご飯の時、もう食べたくないとなると「あっちゃん」と私が言っていたらしい。その言葉を使ったと母から聞いた。

部隊に着いたら、父が私を抱いて大きな大きなお風呂場を見せてくれた。小さい私には、とても大きく見えた。広い天井が高く、珍しく眺めた記憶があった。

当時母は二十二歳。どんな気持ちで面会に行ったのだろうかとは、結婚して私が思ったこと。

父との記憶の二つ目

習志野では、広々とした芝生で跳び回ったり、母たちが持参した手作りのご馳走を皆で食べたりしたことが思い出される。

平成十八（二〇〇六）年三月に母が死去し、斎場に行く時にこの場所を車で通り、父との繋がりを感じた。父と面会した軍の施設は、今は自衛隊の駐屯地になっている。

私が大きくなってからこの面会の話を母から聞いた。朝早くからお赤飯を蒸《ふ》かした時、いつもならすぐ蒸けるのがなかなか出来上がらなくて困った話や、三巾（約一メートル）の赤い布を用意して行ったこと。これは海に入る時に腰にしばり、大きな魚のように見せるためのものらしい。覚悟の出征だったらしい。

昭和十九（一九四四）年七月十八日、父がマリアナ諸島方面で戦死したとの公報が届いた。母が遺骨を頂きに行った時、箱の中からコロコロ音がするので、帰宅して開けてみたら小石が入っていた。

母は、長い年月、戦死を認めず、父の帰りを待っていた。

母は、父の無事を祈願して、日頃近くの神社へのお参りに私を連れて行っていた。ある日私は、お店の売上金の入れ物から大きめのコインを持ち出し、近所の糀屋さんの庭に祀ってあるお稲荷さんに向かった。手をついて、大人の腰の位置よりも高いところにある稲荷社に上り、お参りした記憶がある。

後日、その糀屋さんが、「家の者しかお参りしない社なのに、賽銭箱に大きなお金が入っていて、『誰だろう?』と話していたら、お嬢ちゃんが来ていたのを見かけた者がいたので……」と母に話して下さり……。きっとこの日が、父の死亡した日ではないかと、母は思ったらしい。

よく、近い身内に知らせがあると聞く。その虫の知らせが、私にあったのだろう。

父との記憶の三つ目

私が、言うことを聞かなかったのか……？　父が私を馬小屋（この時は馬はいなかった）に入れ、仕置きされたこともあった。

「小さな子供が出られない高さの柵だったのに、すぐ出てきたのには驚いた」と母の話。

「よいしょ！」と上った記憶と、馬小屋が嫌なにおいだったことは忘れない。

戦争遺児として育った私

父を亡くした後、母と祖母（母の実母）の協力で、私たち姉弟は育てられた。

当時、幼稚園には、お医者さんの子供とか、大きな工場経営者の子供、また商店主の子供などが通園していた。私たちは今の保育園のように長い時間預けられていた。仲良しだったお醤油工場の子と、いつも一緒だった。私が病気で休むとお友達も休み、その子が病気で欠席すると私も休む。家に遊びに行くと、大きな池に錦鯉が泳いでいたり、座敷にはお琴が立て掛けてあったりした。工場の中を見ると、多数の社員が仕事をしていて物珍しかった。特に、大きな大きな樽の記憶は強く残っている。

幼稚園では、節分の豆まきに、男の子は鬼のお面を描き、女の子は「おかめさん」、福の神のお面を描くのだが、私はなかなか描けず困った。お友達と登園すると、門の所で太った大きな男の子が待っていて、嫌だったこと。冬は、ストーブの囲いの金網の上に、アルミ製のお弁当箱をのせて温めて、お昼になるとワァーワァー楽しく話しながら食べたことや、紙芝居や絵本が大好きだったことも覚えている。「ピーターラビット」が特に印象に残っている。

園長先生は男装していた。副園長先生は優しい女の先生で、園児の憧れだった。雨の日のお迎えはいつも一番最後になった。母が働いているため仕方がないが、窓の所へ行き、外を眺めて、母の姿を待っていた。後に私が保母になりこの幼稚園に勤務するようになった。建物は昔のままだったので懐かしく、あの窓はこんなに低い位置にあったのかとびっくりした。あの頃、私はそんな小さい子だったのだと。

勤めていた時、保母たちが勉強をするための参考図書の中に『幼児と保育』という月刊誌があった。監修に園長先生のお名前が記載されていて、驚くと同時に、私は幼児期、何と素晴らしい先生に教えていただいたのだろうと感謝した。

小学生の頃、母が「私がお父さんの役目をやる。おばあちゃんが、お母さんの役目をやるからね」と話したのが忘れられない。

私なりに母の手助けをしようと考えた。母は、独身の頃は地方の相互銀行に勤めていたが、結婚して退職し子育てをしていた。戦争未亡人になり、その後は一家の大黒柱として、父がやっていた家業（青果業と子供向けの商い）に就いた。

お店は祖母が担当。母はリヤカーに野菜と果物ををいっぱい積んで行商、雨の日は重いゴム合羽を着て売りに行く。その姿を見て「偉いなぁ……」と感謝した。台風接近の時などは、帰りが遅いと、風に飛ばされないかと、とても心配した。戦後の大変な時期、男の人でも大変な世の中だったから、生きていくのに夢中、精いっぱいだったと思う。

私も学校から帰ると、お店番を手伝った。値札には百匁あたりの価格がついていた。お客さんに「二百匁下さい」と言われる時は計算は易しいが、「何円分計って下さい」と言われたら、木の冷蔵庫の脇にある黒板で白墨を使って筆算して計り売りする。

日曜日になると、母の行商の手伝いで、重いリヤカーの後押しをした。

同じ年頃の人たちは海に泳ぎに行ったり遊んだりしていたが、私は我慢した。手伝いが私の仕事だった。

そういうわけで、私は海の近くに住んでいても、泳げない。それでも算数が得意になった。片親だからと馬鹿にされないようにと、合間をみて母は小学四年生から私を書道とソロバン教室に通わせてくれた。

戦後、習い事は、ごく少数の人が行くだけの時代だった。

学年は二クラスあった。

昭和二十九（一九五四）年三月。小学校卒業式の二日前から、授業が終わると居残って、卒業式で賞状を頂く練習をした。

新しい教育制度になって昔の優等賞が努力賞に代わり、私は努力賞の総代をやることになった。

他の特別賞（学校長賞、市長賞、教育委員長賞等）の人たちも、来賓席の方に礼、三歩前に出て……など賞状の受け取り方の練習をした。

帰宅して、母に「卒業式に来て……」とお願いした。初めて母へのお願いごとだった。

母はこれまで働くことに専心していたので、授業参観日も一度も学校に来てくれなかった。私は重ねて頼んだ。

卒業式当日、来てくれないだろうと思っていたけれど、そっと父兄席を見渡すと、日頃見たことのない、和服姿の綺麗な母を見つけた。驚きと共に、嬉しくなり、涙が出てきた。

卒業式前日に母が言った言葉

「昔、母さんが卒業式の優等賞の総代をやった時は、前日練習もなしに卒業式当日、突然呼ばれて賞状を頂いた。お前のように練習している人は選ばれないよ……」と言っていたので来てくれないと思っていたから、余計に嬉しくなった。私は総代を上手にやれた。

家に帰って、母と一緒に泣きながら喜び、亡き父のご仏壇に報告した。父が生きていれば、どんなに喜んだことだろう。

後日、母から「いつも頑張って勉強していたから、卒業式には行くつもりでいたよ。着物も早くに呉服店で買って用意していた」と言われ、母の優しさに感謝した。私たち家族のために、化粧もしないでリヤカーを引いて行商している母の姿が、好きになった。

隣町の小学校の卒業生も同じ中学校だったので新入生は三百名くらいいて、一学年六組あった。組委員長はすでに男子生徒に決められていて、副委員長は女子の私になっていた。

私は卒業式を過ぎてから急に自信がついてきたようで、今までは分かっていても発表などできない内気な気持ちを変えて、積極的に授業に向かっていこうと思った。

クラスの中には、児童養護施設である東京都児童学園の生徒が数名いた。私はお友達になり、たまに、商売をしている我が家に呼んで、お店のお菓子などをご馳走して楽しく遊んだ。

この頃、「そうだ！　大きくなったら養護学園の寮母になろう……」と、進む道が決まった。

相変わらず日曜日には母のお手伝いをしていた。市場に野菜、果物を買い付けに同行し競り売りの符丁を覚えたりしたら、母が「昔、お父さんは競り人をやっていたんだよ」と話してくれ、驚いた。瞬間に頭で計算して、落札することの難しさを感じた。母は暗算が早く、男の人たちにまじって買い付けをし、私はその品物をまとめて、自転車で家まで運ぶ手伝いをする。

業者の人たちが母のことを「姉ちゃん」と呼んでいたのは、若い頃から仲間入りしていたからだろう。

この頃、民宿に行商に行くと、宿泊されていたお客様の中に、東京から一週間ばかり避暑に来られたという会社経営の女性がいた。「素晴らしい人だなぁ！　私も大きくなったら会社を経営したいなぁ」と夢は膨らんだ。

中学三年生になると、進路を決めなければならない。母が、これからは高等学校までは行かないといけない世の中になるからと、高等学校進学を勧めてくれた。

平日の授業が終了すると、清掃して再編成のクラス分けができ、ＡＢＣクラスに分けられて課外授業が始まる。時々ある試験で、順位が決められる。試験結果が廊下に貼り出され、Ａクラスは一～五〇位、Ｂクラスは五一～一〇〇位、Ｃクラスは残りの人たちだ。

当時は進学希望者は全体の四六パーセントくらいだったと覚えている。テストの解答用紙を返されるとチェックして、正解なのに×印がついていたらすぐ教師に訂正してもらう。順位も上に訂正される。

皆頑張っていたので、席順はほとんど変わらない顔ぶれになる。嬉しいことに、私はAクラス維持。高等学校の英語教師宅に、毎週日曜日に勉強に通った。中学二年生の時に高校入試問題をやり「ここに来ている皆さんは、英語はもう心配ないですよ……」と告げられたが、三年生になると、やはり心配になる。

話は前後するが、私が中学二年生の一月のある日のこと。当時弟は小学六年生で、お腹の調子が悪くなった。胃もむかついて微熱があり、受診したところ、地元のかかりつけのお医者さんの見立ては、「お正月のお餅の食べ過ぎ……？」。

私が小学四年生の六月、あのお医者さんは私の盲腸炎を見落としたことがあった。幾日も過ぎて、しだいにお腹が腫れてきたため、母が大きな病院の先生に診察をお願いしたところ盲腸が分かった。医師が「早速手術になりますから、すぐ病院に来て下さい。お腹に血濃がたくさん溜っているので、破裂して血管に入れば命はないです」と告知された。

手術で命拾いをしたものの、傷口は縫合せず、傷口の肉が上がってくるまで消毒ガーゼを詰めて傷がふさがるのを待たなければならなかった。毎日消毒ガーゼを交換するが傷口が膿でガーゼがくっつき、それを剥がすのが更に痛い。入院中は婦長さんがとても良くして下さり、嬉しかった。

地元の夏祭りが近づき「家に帰りたい」と話したら「歩けるようになれば」と言われた。三週間以上もベッドに寝たきりだったのに起き上がった。歩行は無理なのに、帰りたい気持ちから嘘を言って退院を許可され家に帰ったが、部屋の中をまっすぐ歩いたつもりが、ふらついて歩けない。祭礼の山車が家の前を通過する時の大太鼓、小太鼓の音がお腹に響き、辛い思い出となった。それでもお祭り気分になれて、嬉しかった。


そんな経験もあったので、私は「弟はお餅の食べ過ぎじゃないよ。大きな病院の先生に診察してもらって……」と母に頼み、往診して頂いたら、医師が驚いて「随分早く見つけましたね。小指の先ほど（盲腸）が少し赤くなっているところです」とのことだった。弟は早速手術を受け、順調に一週間で退院できた。

家族や親戚の皆様から「子供なのによく盲腸が分かったね、凄いね！」と褒められた。

寒い季節だったので、母は弟の病み上がりを心配して　慎重に学校に行くのを考えていた。

三学期は休んで、来年もう一度六年生をやらせようかと思っていたらしい。私は反対して「遅れて授業が受けられなかった時は、勉強塾に行かせればいいじゃない」と意見した。

母は几帳面な性格だったが、私の意見を取り入れ、弟を塾に通わせ、他の生徒と一緒に卒業できた。

負けず嫌いな私は、無事高校入試に合格した。家庭科は好きでなかったので、普通科を選択。

「これからは、高校くらいは卒業しないと駄目だから頑張れ」といつも後押しをしてくれた母は共に喜んでくれた。

私は英語が好きだったし、文通が流行していたのでアメリカの女生徒と始めようとしたところ、「お父さんが殺された国の子と文通は、絶対反対だから……」と、今までにない強い口調で母に反対された。残念だったけれど母に従った。

普通科は四クラスあったが、二年生になる前に、大学進学希望者は申し出るようにと言われた、別に進学クラスができるようだ。

私は大学に進みたい気持ちはあったけれど、母子家庭で大学は無理だと思い、母には打ち明けなかった。

相変わらず日曜日は、旅館や民宿への配達を手伝った。

当時は就職難だったが、運動会の仮装行列で、自分たちの憧れの職種の仮装をしたこともあった。

三年生になると、就職先が気になってきた。速記がやってみたいと思ったが東京に出ていくのでは無理だ。家から近い所を探した。

自衛隊の事務一名募集の枠に、学生十一名、成人一名の応募があったが、私が採用された。喜んだと同時に難題が出てきた。新年早々、「出勤して下さい」との話。担任に話をしたら、三学期に全然出席しないと、卒業証書は渡せないと……。母が、せっかくあと少しで高校卒業になるのに、中途退学では中学卒業と同じことだと言うので、結局辞退した。外からの情報では、成人の方が就職したようだ。

中学の時、養護学園の寮母になりたいと話していたので、母が学園に実際の仕事内容を聞きに行くと、一般家庭のように、一人で三歳児から中学生まで八名を家族として育てていくと説明されたようだった。「お前はまだ若いからとてもやっていけないよ、無理だよ」と母が心配した。

寮母は結局諦め、学校推薦で、昔、母の勤めていた同じ銀行を受験。当時実業団バレーが強かった銀行には、バレー部の受験生が合格した。

私ともう一人、背の高い生徒も不採用だった。そればかりではない。当時は片親では金融関係は採用してくれないとも聞いたことがあった。とても悔しい。

その後、母が知人に頼んでくれていた保育園の保母の仕事が見つかり、一安心した。

四月から採用された。勤めながら国家試験に合格すれば正式に「保母」の資格取得ができる。保母資格があれば、乳児院や、希望していた養護施設にも勤められる。何と良いことかと思い、仕事に励んだ。

身体を動かす夏場は、大汗をふきふき、あせもができたが、シッカロールを叩きながら楽しく働いた。

園児たちの午睡の時間には、主任保母から頼まれた、給食やおやつのカロリー計算までやった。これは高校の食物授業で勉強したことが役立った。

保育園の運動会。園児たちの遊戯・競技の合間に保母たちが仮装、絵本に出てくる主人公に園児たちは大喜び。私は、まさかり担いだ金太郎に扮し、見物の父兄たちにも好評だった。

二年上の先輩が合格した翌年、私も合格した。晴れて保母資格取得する頃には、園児たちの可愛さ賢さいろいろ魅力を感じ、楽しくなってきたので、養護学園の寮母はやめて、保育園保母を続けていくことにした。

一年間クラスの子たちと関わると、子供の昨日できなかったことが、今日はできるようになって、日々進歩していく過程の素晴らしさを共に味わうことができた。

ただ、とても忙しくて、トイレに行く時間が取れなかったこともあった。

あわただしい結婚

保母の仕事は給料は安いが、昔から聖職と言われているから何とも思わない。誇りに思う。

四月に受け持った子供たちもそれぞれ成長して、翌年四月には次の担任へと引継ぎする。

三年目の六月、私と同い年の、とても優しい真面目な保母さんが、日刊紙に保母職の大変な実情を投書したことを県の保母会長をしていた主任に咎められ、桧原湖の畔で短い命を断った。

「……私は良いところはないが、一つだけ、目がとても良いので、目の不自由な人に役立てて下さい」と書かれた遺書が傍らに置いてあったのを、捜していた父親が見つけたとのことだった。当時、参議院議員選挙の違反取り締まり中で、警察の捜索が思うように進まず、お父さんが黒いコートの女性が福島行きの切符を買ったことを駅員に確かめ、一人で捜し当てたそうだ。親娘の繋がりで、早く見つけられたのだろう。

保育園には、A新聞社とテレビ局が一社取材に来て、大変な騒ぎだった。

園児たちのこの先のことも心配だが、いっとき職員で話し合いをした。代わりの職員が見つかるまでは勤務して、暮れまでの半年間に身の振り方を決めた。結婚を理由に退職する人が二人、他の職種に就職する人が二人。私は、母が頼んでくれていた市立保育園に本採用になり、一月から勤務することに決まった。その市立保育園は、私が幼少の頃通園していた幼稚園の建物だった。市で買い上げられて市立保育園になっていたのだ。懐かしさが込み上げてきた。

その後、四月から新設の市立保育園に中堅どころの職員が必要だということで、二歳上の先輩と私が転勤することになった。

ちょうど春休みで家にいたところ、辞めてきた保育園のお子様が二名、お母さんたちに連れられて私を訪ねて来たのにびっくり！

「この子たちが先生の所に行きたい……と言うので、突然来てしまいました」

何と嬉しい、小さな訪問者でしょう！　いっとき話がはずみ、幸せを感じた。


四月になり、入園式の準備に取りかかる。私は三歳児の受け持ちで、他に一人、六歳のダウン症のお子さんが加わり、担当クラスは在籍園児三十名。施設はまだ完成しておらず、大きな部屋を高い間仕切り（衝立）で仕切って使用することになった。お隣組さんの声が筒抜けだ。

今のように養護学校がまだ整備されていない時代なので、小学生の障害児童も保育園で預かることになった。

以前勤務していた保育園でも、私の三歳児のクラスに全盲の六歳の女児が入ってきたことがあったけれど、三日間保育してみると、トイレに連れて行ったり、靴を履いたり脱いだりする時もずっと目が離せない。クラスの他の園児の保育ができなくなるので、可哀想だけれど主任保母に説明して「預かれない」と申し出たことがあった。

今回も三歳児より身体が大きく力もあるので、重い衝立を両手で持ちユサユサ揺するといつ園児たちの方に倒れるかもしれない。もしそうなったら怪我をさせないとも……と恐ろしくなってしまった。園長先生にお話しすると、「年長組さんに預かってもらいましょう」と。ホッとする間もなく、ダウン症のお子さんの母親が来られた。「この子が、保育園に行きたくない……先生のクラスが良い、先生が好きと言うので、何とか預かって下さい。上のお兄ちゃんが来年小学校を卒業したら、この子は小学校で預かってもらいますから……」と泣いて説明された。

そこで、いつも私のそばに連れて行動させ、落ち着いた時は名前の練習などをやってみたが、なかなか長続きしない。

そんなある日、親戚の方から「良いお相手がいるのですが、お会いしてみませんか?」とお見合いを勧められた。母や祖母は、私の同級生の誰々が結婚したとしきりに話をするようになった。これまでにも自衛官、精米所の人、商店の息子さんとの見合い話もあったが、「自衛官はまた戦争が始まったら一番先に行くようになるから駄目だね。精米所は一生粉だらけになり駄目、商店が良くない……」など、色々と難くせを母たちが言っていたので、今回も私は「二十五歳まで結婚する気はありません」と会う前に話した。しかし、親戚の方が更に「一度だけお会いしてみて下さい」と言う。よく話を聞くと、遠い昔は親戚付き合いをしていたけど、今は親戚付き合いをしていない家のようだ。

仕方なく、お見合いをすることになる。見合い相手の男性は、背は高くて顔立ちも良いが、鼻の脇にホクロがあるのが気になるし、あまり口をきかない。話を先に進めないように話を持ってきた親戚の方に気持ちを伝えた。

すると「ホクロなど初めは気になるかもしれないが、結婚すれば目の中に入ってしまい気にならなくなるよ……」と返された。

「相手の方は川崎市に住んでいて、お正月にまた来られるから、もう一度会ってみて……」

よく考えると、私は高卒、相手は大学卒業。私は背が低い、相手は私のことをどう思っているのか?

お正月に会って聞いてみようかな……と、気持ちが少し揺らぐ。

お正月にドライブして食事してもあまり喋らず、私は聞いてみたいことも、口に出せなかった。

しかし話はいつの間にか結婚の方へと進んでいく。年齢は六歳違い。市役所にも退職届を提出しなければ……。大急ぎで結納。結婚式は昭和三十九（一九六四）年四月四日。何か四が重なって気になった。

ダウン症の子のお母さんが聞きつけて　お祝いの品を持参して「先生、結婚しても、こちらでお勤めして下さい……」と、ありがたいけれど無理なお願いを言われて困ってしまう。

あとで分かった話だが、彼のお父さんは戦死してしまった。無事に戦地から帰国した末の叔父とお母さんは事実婚となり、自分たちを育ててくれ、大学まで出してくれたとのこと。その叔父、つまりお父さん代わりの人の口ききで、今回の結婚話があり、従ったそうだ。そんな複雑な家庭環境に育った人なのだった。

ただ、結婚式は、私の思い描いたものとは全然違った。一日目は、親族だけを招待してのお披露目（自宅）、二日目は、義父が町会議員と漁協理事をやっているのでその関係の人たちを自宅にお招きして接待するのに、どれほど気を使ったことか。その翌日は、結婚に持参した品物を川崎に運ぶ仕度で、こんなことは全然知らされていなかった。

当時はホテルか公民館で披露宴をやり、北海道か九州方面に新婚旅行に出かけるのが一般的だった。この頃は既製服がなく、仕立屋さんに自分の体に合うよう作ってもらっていたので、私もそのつもりで旅行着を作り、彼も北海道に行きたいと言っていたが、全然話が違った。情けなく、ひとり涙を流していた。よく調べるべきだった。

川崎に着いたら、住む家は古い六畳間と四畳半の部屋のお風呂もない一軒家。荷物を納めて、隣の大家さん宅へご挨拶に行く。とても感じの良い老夫婦だった。

「彼は、いつも彼女を連れてきても結婚しないので今回も同じかと思ったけど、奥さんを連れてこられて良かったわ。何でも分からないことは聞いてね」

と親切な言葉を頂き、少し安心し、また、心強く思った。私の母より、年長者のようだ。

ところが、呆れたことに、連日男の友達が家に寄ってくる。私の実家ではお酒を飲む人がいなかったので、どんな接待をすれば良いのか分からない。宵越しの金は持たない……と聞いたことがあるが、彼もそういう人かしら。手持ち金が四千円しかないのにびっくり。

だから新婚旅行にも行けないのだと納得した。市役所に退職願を提出した時、もし保育園勤務の希望があれば紹介して下さるような話があったが、この頃は結婚すると家庭にいるのが一般的だったので、「勤めませんから……」と言ってしまっていた。

お向かいのたばこ屋さんのおばさんが、

「ご主人がよくたばこを買ってくれてありがとう。奥さん、お仕事していないのなら、川崎大師の御開帳が二十年ぶりに始まるので特賓室の接待係を募集しているから紹介してあげるよ」

と声をかけて下さった。たばこ屋さんは、行事があるとお大師さまで御詠歌をやっているとの話。御開帳の間だけだからとお願いした。大護摩札一万円以上の人の接待で、赤い絨毯の部屋で朱塗りのお盆に差し上げる品物を揃えて、接待係のお坊様にお渡しする。それだけの仕事だが、粗相のないようにと緊張した。十年前は、戦後から九年の時で御開帳をやれなかったから、今回は凄い人出だ。有名な方のお名前も多数あった。

大僧正が一日二〜三回赤札を配られる時は、お坊様も、私たち接待係（二名）も一般の方の行列に並んで札を頂いた。赤札には「南無大師遍照金剛」と書かれていて、ご利益があるとの話が伝わっている。

ある日、アルバイトの給料袋を上衣のポケットに入れて並んでいたら、ポケットから抜き取られた。私は大きな声で、つい「泥棒！」と叫んでしまった。給料袋を投げ返してきたから良かったと思ったが、一緒に並んでいたお坊様が、「大勢の中で泥棒は恥をかかされたから、いつ仕返しされるか分からない。今日と明日は帰る時は護衛してあげるから」と言って下さった。頼もしいお坊様がいて助かった。

田舎の義父、仲人様、母、祖母と夫の弟と私の弟が御開帳に来て、案内して喜ばれた。

御開帳も終わったので職安で保母の募集を探したがなく、運輸会社の事務員募集があったのでそのことを夫に話した。その際に「今日は、ここの公園を抜けてどこそこへ行った」と話すと、「そこは路上生活者の多数いる場所だから危ないよ」と注意された。確かに、あちらこちらに横たわっていた。今では考えられない光景だ。

私は職安を通して運輸会社に就職した。個人経営の小さな事務所だった。社長は三十代で小さなお子さんが二人いた。

給料計算や社会保険関係の事務が私の主な仕事だ。

社会保険事務所へ行く時は運転手さんが乗せてくれる。ある日、仕事場で人が足らない時に社長が「立ちんボー見つけてくるか……」と言い出した。私は何のことか分からず聞いた。すると、先日職安に行く途中に見かけた路上生活者が朝になると大勢集まって、その日だけの働き口を見つけにくるとの話だった。

人手が必要な時はそこへ行って、日当を決めて仕事先へと連れて行き、作業してもらうのだという。主に東京電力と明治製糖の資材の輸送業務を引き受けていた。

結婚して二十二日目、私がやっと仕事に慣れてきた頃、夫は勤めていた会社（在職一年）を辞めた。次に就職した会社は三十八日しか勤められない。その後、ブラブラ無職。本当に頼りない人。一体大学を卒業して何をしていたのか？　大家さんの言葉が頷ける。

私の結婚が間違っていたことに気がついた。夏になり、暑さがこたえる。体調が変なので産婦人科に行くと、妊娠初期のつわりと判明。

持参金も底をついてきた。夫は新しく勤め始めた会社を辞めたいと、そろそろ弱い心の虫が出てくる頃だ。今度こそ長続きできますようにと私は願っていた。

つわりが酷く、そのことを社長さんに話すと「遅く出勤しても良いから、仕事を続けて下さい」と言って下さった。社長夫人からも優しい言葉をかけて頂き、ありがたかった。

産婦人科での診察時、赤ちゃんが小さいようだからと注射を何回か続けた。赤ちゃんに栄養が回るように「喉を通れば栄養が摂れるから……」と言われ、食事も気をつけて食べるよう心がけた。

ある日、夫と「二人の赤ちゃんが生まれてくるのだから、頑張っていこう」と話し合った。つわりは妊娠七か月まで続いた。社長さんたちの言葉に甘えて、八か月まで仕事を続けることができた。その上、夫が人が変わったように働き始めた。会社での営業成績が良く、「新人賞」を頂き、記念の置時計まで頂いた。

赤ちゃんがこんなにも、夫に力を与えるのか……と驚いた。

大家さんが「御主人、随分変わりましたね」と言って下さった。大家さんの奥さんには、妊娠中もいろいろと、親代わりに教えて頂き感謝している。

昭和四十（一九六五）年五月、長女誕生。

昭和四十二（一九六七）年六月、長男誕生。

出産のたびに、私の母が仕事を休んで、一か月余り何やかやと面倒を見てくれた。どれだけありがたかったか。感謝している。

夫も長男が生まれて三か月まで、今までで一番長く勤めた。その後は同僚と会社を立ち上げ、何とか仕事にも力が入ってきた。

大家さんの家には、成人されているお子さんが三人いらっしゃったが結婚されていないので、私たちの子供を随分可愛がり、お世話して下さりありがたいことだった。

長女が幼稚園に入園すると毎日長男を抱いて送っていくようになった。帰る途中に市立保育所があり、園児を眺めながら職員と話していたところ、「ちょうど職員が病気で休職中で手が足らないので、免許があるのならすぐ勤めて下さい」との話。

大至急、母に電話して免許証を送ってもらった。

所長は元県職員の男性、職員は保母が五名、給食担当一名、清掃雑役一名。そこに私が加わることになる。

最初は一歳の長男を乳児組に入れてもらい、私も乳児組担当をした。二年目からは三歳児組を担当。市公立保育所の設備の良さに驚いた。かわいい小さな男児用の洋式トイレ、女児の腰かけ便器、今までの保育園では見かけないことが多々あった。

長女は、幼稚園が終わると一人で保育所の鉄門を開けて「ただいま」と帰ってくる。

幼稚園の園児服から保育所の園児服に着替えて、年中組に入れて頂く。

保育所の園児たちも心得ていて、娘とも仲良くしてくれて嬉しかった。

「先生の赤ちゃんが、泣いているよ……」と知らせにくる子もいる。

「大丈夫、そのうち泣き止むから……ありがとうね」と、私は担任の三歳児クラスの保育をする。

夏の盆踊り大会ではやぐらを組み、父兄の皆さんだけでなく地域の皆さんが参加して下さったのも、楽しい思い出だ。やぐらの周りで炭坑節、花笠音頭などを踊り、自然と手足が揃って仲間入りしたこと、やぐらの上に掲げた大きな看板「盆おどり」は、所長さんから頼まれて、張り切って大きな字を久々に書いた。記念撮影もして、三歳児クラスの親子ゆかた姿が似合っていた。

運動会近くになると、長女は幼稚園の遊戯を覚え、保育所の遊戯も楽しそうに踊り、両運動会に出場する。

また、幼稚園の発表会のお遊戯では「べコの子牛の子」のお母さん役を上手に踊り、「どこのお子さんかしら……」と、見ている私の横の方たちが褒めて下さった。

乳児組だった長男も、三歳児の運動会の時には平均台の上を上手に歩いたり、マットで前転一回転を何度もやったりして見物人から大きな拍手をもらい、満足そうな顔。

休日は、向ヶ丘遊園地の遊具で楽しんだり、夫がボートに子供二人を乗せて漕いだりした。上野動物園に行っていろいろな動物を見てまわり喜んだ。帰宅後、子供たちに「犬が欲しい」とせがまれて、後日、おとなしい犬種のコッカースパニエルを購入した。まっ黒な毛並で、耳が垂れている。子供たちが「タボ」と名前をつけて可愛がった。とても利口な犬で、家の裏に繋がれていても、夫の帰ってきた車の音が分かるらしく、吠えて知らせる。新聞配達の人とも区別しているのが分かる。

やっと普通の生活が楽しめるようになってきた頃、義父が「田舎へ帰ってきて、跡を継いでくれ……」と言ってきた。義父はまだ五十三歳、義父の妹の叔母が「まだ早いから川崎にいるように……」と言う。どちらにしたら良いのか？　分からない。

長男が、川崎の工場の煙害で公害認定された喘息を患っていたところ、小児科の医師が「田舎で生活すれば自然に治癒しますよ……」と言ってくれた。当時治療費が月額一万円近くかかっていたので、健康のためにも、いずれは帰らなければならないのなら子供たちが小さいうちに田舎に慣れた方が良いと思い、夫も大学までお世話になった義父の言うことに従うことにした。

夫の実家は建設業と雑貨店を営んでいる。これまでも、夏のお盆の時や義母が旅行に行く時などに「忙しいから帰ってきて手伝ってくれ……」と電話があった。夫は何かと理由をつけて帰らず、私だけ帰ったこともある。そんな様子を見て、私の母から「夏休みも取れずで……ボーナスはもらったの？」と聞かれるが、本当の話ができない。心配をかけたくないから……。

私の弟は都市銀行に就職し、安定した生活をしている。私が地方銀行の就職試験で悔しい経験をしたので「都市銀行の方が片親でも採用してもらえるよ」と助言した。実家の地区の勤務となったが、いずれ全国へと転勤になるだろうが、当分の間は、母と祖母がいるので地元で働きたいと希望したらしい。

後日、母と、弟が小学六年の三学期に盲腸になった時のことを話し、その後は健康で就職でき、弟の努力が実ったと喜んでいた。

田舎へ帰ったら、家族旅行も行かれないだろうと思い、親子四人で紀伊半島一周、二泊三日の旅を夫が計画してくれて嬉しかった。

往きは羽田空港から大阪まで飛行機に搭乗。子供たちは、スチュワーデスさんから万華鏡をプレゼントされ、大喜びで回して見ている。私も初めての飛行機、窓から見える景色に見とれていた。渥美半島が、地図で覚えたように細長く続いていた。

新婚旅行に行かれなかったので……きっと夫が、気張ってくれたのだろう。

大阪空港から大型観光バスに乗車、バスガイドさんの案内で名勝を巡った。一日目は和歌山県、二日目は三重県、乗客は、私たち家族と男性一人旅の他には新婚旅行のカップル。

白浜町の白良浜は、ごみもないまっ白な砂浜。宿泊も上級を予約してあったので子供用のかわいい丹前も用意され、料理も品数が豊富で食べきれないほど。新鮮な魚料理に舌鼓を打った。

他の乗客の方たちも、それぞれ予約してあるホテルへ宿泊、朝になるとバスが迎えに来て、また同じメンバーで行動。二日目になると近くの席の人と話をするようになった。伊勢神宮を参拝、鳥羽水族館も見学した。真珠島に行った時、初めて夫がパールの指輪を記念に買ってくれて、嬉しく、楽しい旅行になった。

帰りは新幹線を利用。子供たちも大はしゃぎの忘れられない旅行だった。

よく分からないまま、義父の言われるままに家族で夫の田舎へ帰った。

夫は建設業は素人だから、工事は現場の親方に任せて進めてもらった。

長女は幼稚園にバスで通園した。長男は、保育園に車で送って行くとむずかる。保母さんの話だと、トイレに行かないで我慢していると……。田舎の保育園はただのコンクリート打ちした流れトイレ。川崎の保育所の洋式トイレに慣れていたので無理な様子、私がよく説明して、済ませるように……。長女は、新しい環境にもすぐ馴染めたようで一安心した。

私も、結婚前は市立保育園に勤務していたので、市役所に相談に行ったところ、四月から職場が見つかった。

ところがその話を聞いた義父に「家の事務があるのに、保育園勤めは駄目だ。すぐ断ってこい」と言われてしまった。その上、酒好きの義父はいつも夕食の時は一升瓶を傍らに置いて延々と「自分はこの家の犠牲になった」と話し始めるのだった。義母との間には子供もできず、夫たちを育てたから無理もないが、毎日この状態では、私が変になってしまう。

義母はそんな義父と仲が悪い。いつもお酒の相手を私に任せ寝てしまう。毎日この状態が続き、夫が苦情を言い出した。夫と義父は十八歳の年齢差があり、意見が合わない。義父は気に入らないと夕食時にコップを夫の顔面目がけ投げつける。これでは、我が子たちの教育上も良くない。

「昼間は家業をするから、夜は別に住みたい」と言うと、義父は更に怒り出す。酒乱だ。

義父は五十四歳で一切家業から手を引き、自由な生活をするようになった。家からお金を持ち出し、お妾さんを作り、義母とも最悪な関係になった。

田舎へ帰る話の時に、叔母が「まだ早い、川崎にいて……」と言っていた理由がやっと分かった。

夫の弟は、戦地から帰った義父を「父ちゃん」と呼び、小さい頃から可愛がられていたが、五歳上だった夫は義父を「おじさん」と言っていたらしい。もう小学五年生だったから……。「父ちゃん」と呼べなかったのだ。

小さい頃、当時はまだ珍しかったバナナを義父が買ってきたことがあったが、弟はバナナをもらったのに夫にはバナナをくれなかったという悲しい思い出を話してくれたこともある。

義父のこと

義父が同級生二名と起業した旅館は夫の弟が引継ぎ、夫婦でやっていた。当時は忙しく、人手が必要だった。幼い子供二名は義父が面倒見るよう、義母の姉夫婦が仲に入って話がまとまり、義父は夜は旅館へ行くようになる。

ところが、義母は世間には「嫁に追い出された……」と、あらぬ話を吹聴していて、私は呆れかえった。

夫の両親は、今まで以上に義弟によく援助していた。

私たちには援助はなかったが、一生懸命家業を続けて、不動産業も始めた。

オイルショックの時には、建設資材が思うように入らず苦労したが、子供たちの成長を楽しみに働き、従業員を増やし、やがて公共工事を受注するようになった。

旅館の忙しい時期は、私も洗い場の手伝い（無報酬）をした。昼間は家業の事務。若いから頑張れた。

旅館の夫婦は昼間は休憩等で身体を休められるが、私は事務仕事があり休憩もままならない。夫が見かねて、母親に「何もしていないのだから、行って手伝ってやれ」と言ってくれた。おかげで洗い場の交替ができ、少し助かった。

宴会が終わる頃、義父から、「迎えに来てくれ」と電話があったので迎えに行ったが、待っていてもなかなか出てこない。この時、私は扁桃腺が腫れて熱があった。待っているのが辛いので家に帰ると、また催促の電話がくる。

義父はというと、戦争中のように「どんな熱があろうと上官の命令に従わなければ駄目だ」と。せめて「ありがとう」が欲しかった。私は、呆れてしまった。

太平洋戦争中、義父は第七十五部隊の一員としてビルマ（現ミャンマー）にいた。戦後、部隊にいた仲間が「75会」を結成し、義父はそこで会計を担当していた。毎年のように有志で靖国神社にお参りしていたのを覚えている。義父の葬儀の際には、他県から参列して下さっただけでなく、新盆には十五名の方が墓参りをして下さった。戦友の絆の強さを感じた出来事だった。

ある時、75会でビルマ旅行が計画され、義父も参加することになったため、パスポートの申請を手伝って、旅費、お小遣いを持たせてあげた。この時は義父も喜んでいた。

義父は地域の役職を引き受けつつ、相変わらずの生活を続けていたが、ある日、食べ物が喉を通らなくなった。検査すると食道癌が見つかり、入院となった。

わがままを通して個室入院、義母が朝行って付き添い、夕方私が義母を迎えに行く時に着替えを持参、帰る時は汚れた物を持ち帰る。義母は洗濯をしないから、私が二人分の衣類を洗った。

ある時、用事があっていつもと違う時間に義母が病室に入ると、妾さんとはち合わせになったそうだ。

それからは、義母は全然家に帰らず、付きっきりで、義父を「見張って」いた。看病するのではなく「あの女が来ないように」ということだった。何歳になっても女は怖い。

そんな日々が約一年続いたある日、義父から、義母との婚姻届を役所に提出してほしいと頼まれた。

長い年月事実婚だったので、義父も今後のことを考えたのだろう。最後のけじめをつけてくれた。良かった。

亡くなる二か月前、義父は「随分世話になったなぁ……、ありがとう」と言ってタオルで顔を覆い泣いていた。そんな様子を見て、私も今までのことが一挙に吹き飛んでいった。

私は涙をこらえながら、義父の身体の痛いところを優しくさすってあげた。

婚姻届を提出してあったので、義父亡き後、預金、年金、恩給、保険金等は義母に全部振り込まれた。義弟の旅館経営が困っていたので、大部分は義弟に渡したようだ。

家業の建設業は結構順調で、仕事も増えた。社員旅行にも何回も行った。記憶にあるのが、私も同行した平成五（一九九三）年七月の北海道旅行だ。この時、北海道南西沖地震に遭遇。九死に一生を得た怖い体験だった。旅先で、社員十五名に何かあったらどうしたら良いか……非常口で地震が早く止んでくれるよう祈り続けた。

夫は町会議員を三期やらせて頂き、私は民生児童委員を二十二年半にわたり頑張って、任務をまっとうした。町民の皆様と共に、明日の幸せのためにと、多方面の仕事をした。

二人の子供も、専門学校、大学と進学することができて嬉しい。

まさかの難病発症

平成十三（二〇〇一）年五月。町の健康診断では異常なかったが、不整脈がたまに起こるのが気になっていた。そこで、いつも高脂血症の治療薬を頂いている開業医に相談したら、「うちで薬を出してあげる」と言ってくれ、心臓病の薬を処方された。医師の専門は胃腸科のようだ。

六月に入り一泊旅行があった。薬を持参するつもりが忘れてしまい、旅行中は薬を飲まなかった。帰宅しても体調が思わしくなく身体がだるいが、旅行の疲れくらいに思っていた。頭がすっきりせず、経理事務の仕事がはかどらない。そのうち、体中に赤紫の湿疹が出はじめ、熱も三十九度まで上がった。開業医に診察してもらうと、「これは大変だ……」と。先輩医師が救急センター長をしているからと紹介状を書いて下さった。

車で一時間かかる病院まで夫に送ってもらう。内科、外科、皮膚科、循環器等専門医が血液検査他いろいろ検査して厚生労働省に送るとのこと。入院して五日間何も食事せず点滴のみだった。

薬疹のようだが、どの薬が原因か判明するのに二週間かかるという。五月の健康診断の結果と比較して肝機能の数値が、ＬＤＨは二倍、γＧＴＰは十三倍、その他も三倍になっている。特に唇が腫れ、湿疹は脇の下や股関節の所など、やわらかい場所に特にひどく現れている。

この大病院（テレビに、たまに出ている）でも初めて見る症例らしく、回診の時になると、勉強のためか、多数の医師から「すみません、見せて下さい」と言われる。先生方の懸命な処置で病名が判明した。「スティーブンス・ジョンソン症候群」。薬によって起こる皮膚粘膜眼症候群だった。当時、全国で三百例しかない難病で、三分の一が死亡、三分の一が失明、三分の一が元に戻れると……助かって本当に良かった。赤紫の斑点が、顔から体中に、肌色が隠れるほど広がった時は、一生人前に出られなくなると思って悲しんだ。母は、私が死ぬのではないかと凄く心配したらしい。

ステロイドの薬を服用し、数値を見ながら退院まで四十日余り、体重も五キロ減った。

平成十八（二〇〇六）年三月、私の母が亡くなった後、弟が「母が大切に保管していた父からの封書や葉書が見つかった」と私に見せてくれた。ところどころ検閲された、墨絵のある便り。いつも母を気づかい、祖母の身体を心配していたことがうかがえた。また、母の妹の就職のことや私たち幼子の話などを知らせてくれるのが唯一の楽しみだと必ず書いてあった。公用で外出した時の葉書には、急いで書いたような字で、私と同じくらいの年齢の子供を見て私を思い出したといったことが書いてあった。

母の話だと、父が、出征前に、家族が食べるのに困らないようにと、何軒かの農家にお米を買ってあったのも分かった。しかし父が戦死したことが分かると、良心のある方は支払い済の分をお米で返すのではなく、返金してくれたそうだ。

ただ、ひどい人は「そんなお金は預かっていない……」と、「お米でもお金でもどちらでも良いから返して下さい」と母が言っても知らぬ顔だったそうだ。父の墓参りに行く途中にその人の家があったため、通るたびに必ず母が悔しそうに話していた。

夫の父も昭和十九年十二月三十日戦死。輸送船に乗っていたので、寄港すると珍しい物を送ってきてくれたとのことだった。手紙を嬉しく拝見……手紙の最後に「家の手伝いをするように」とか、小学三年生だった夫へ「もう少し字が上手に書けるように」とか書かれた手紙や、訓練の様子が図入りで書かれてあったのを見せてもらった。戦前は石油会社に勤めていて、書道を習っていたそうだ。だから前記のような希望を書いたのだろう。

命を亡くし、家族を悲しみのどん底に落とし、どれだけの多くの人たちが、不幸になったことだろう。今現在も、ロシア・ウクライナの戦争に心が痛む。戦争が早く終結して、平和な世界になるよう願い、祈っている毎日だ。

義母は認知症を発症、亡くなるまでの十五年間（うち二年半は下の世話）、長い介護だった。

平成二十年九月　百年に一度の大不況

景気の良い時は、銀行の支店長が直々に会社に来られて「融資しますから、借りて下さい」とまで言っていたが、良いことも長くは続かない。

バブルが崩壊した時は、銀行も手の平返し。無常だ。国民金融公庫などは態度が大きくなり、たった一か月だけでも期日までに返済ができなくなると、その後、毎月期日に返済していても、毎月月遅れの返済と見なして次の融資をしてくれなくなる。

建設業は、箱物工事はだいぶ少なくなり、大手企業が地方まで仕事を求めてやってくるようになり、当社のような零細企業には仕事がなかなか回ってこない。大手企業が受注した工事を子会社が請け負い、私たちはその孫請けで息継ぎをするしかなかった。

平成二十年九月、大手投資銀行の破綻をきっかけに、景気の悪化がアメリカから全世界に広がり、一九二九年のニューヨーク世界恐慌以来となる世界的金融危機となった。リーマンショックだ。

大手企業から受注していた子会社が倒産して工事代金が滞り、当社にも影響が出てくるようになった。仕事も縮小してきたから、社員も減らしての経営をするしかない。当時は、コロナ禍のような支援があまりなかったので先行きが不安になった。リーマンショックが長く続きそうだと、世間の話を聞くと、ますます不安はつのる。

この状況では、会社経営が難しい。頑張ったが、一年後に我が社も倒産してしまった。

当時、大手企業に就職していた息子を呼んで、会社を手伝ってもらっていた。銀行の支店長には、「なかなかの好青年ですね、何かあったら相談して下さい」と言われていたのに……。

今振り返ると、「行っても断られるだろう」と自己判断せず、もっと銀行に相談に行けば良かったかな……と後悔もある。反省することもあるが、当時は頭の中が混乱状態で深く考えることもできなかった。現在でも反省することがたくさんある。

息子家族にも大変な迷惑をかけてしまった。

娘夫婦にも随分金銭面で援助してもらい、助けてもらったが、申し訳なく思っている。

倒産となって知人の紹介で東京の法律事務所を訪ねたが、遠方のため断られてしまった。紹介された地方の法律事務所に依頼したが、お金もなく、あるのは多額の負債のみ。結局破産手続きをして、家族皆が、どん底に落とされた。

夫名儀の土地に家を新築した息子家族は家を抵当に取られ、孫たちにも好きなサッカーチームのユニフォームを買ってやれなくなる。かわいそうだ。息子は東京で職探しだ。

私たち夫婦も住む家がなくなり、娘の夫の実家にお世話になった。一間借りての生活が始まった。着のみ着のままとは、このことだ。

これまでとは一八〇度転換の生活になり、夫は体調を崩し入退院を繰り返すようになった。

法律事務所に書類を持参した帰り、私はめまいがして、エスカレーターの中段で倒れてしまった。後ろにいた夫も体力がないので私を受け止められず、共にエスカレーターから転落した。頭や脇腹に怪我をして、駅員さんの手配で二人して救急車で運ばれ、治療を受けて数日通院することになった。三か月後にアパートに移った。百均の店で最低限の住居用品を揃えた。年金を担保に借金していたから、年金支給日でもわずかな振り込みだ。当初は、死ぬことばかり考えていたが、後日、自死した家だと世間に広められたら子孫たちに迷惑をかけてしまうと思いとどまった。

夫は胃癌にかかり、その後も心筋梗塞でカテーテル手術を四回受けた。その後、癌が転移して肺癌になり大手術をしたが、平成二十九（二〇一七）年に亡くなった。亡くなる二年前に善光寺の御開帳に、夫婦二人だけの最初で最後の旅行に出かけた思い出が走馬灯のようにぐるぐる回って見えた。二人で約束した東日本大震災で被害を受けた所へ復興の気持ちで行きたいねという願いは叶わずだった。

一人暮らしが始まる

夫が亡くなり、一人暮らしになった。若い頃にかけていた厚生年金と、亡夫の遺族年金で細々と生き永らえている。田舎から再び都会に引っ越してきて、高齢者の集いに出席、また趣味の会にも参加し、楽しく笑う機会も出てきた。夫のことを想い、時々涙が出て悲しくなることもあるが、これも運命と諦める。

倒産については、債権者・社員の皆様には大変ご迷惑をおかけして申し訳ない気持ちだ。毎日感謝して生き、死を選択しなくて良かったなと思えるようになってきた。

コロナ禍で思うこと

コロナ禍で仕事をなくし、困っている人たちのことを考えると胸が締めつけられる。

リーマンショックの時よりも、政府もいろいろな支援政策を考えてくれている。

「絶対諦めないで、生きる希望を持って下さい。いつか笑える日が来るから……」と教えたい。一番は身体を大切にして生活してほしい。

おわりに　――今、思うこと

振り返ると、何度私は命拾いしたでしょう。

一回目、戦争で逃げて助かったこと。

二回目、盲腸が手遅れ、医師から時間の問題だと言われたが緊急手術で助かったこと。

三回目、スティーブンス・ジョンソン症候群で、三分の一が死亡、三分の一が失明とされる中で、元通りの三分の一になり助かったこと。

四回目、事業に失敗して「死にたい……」と考えていたところ、子供たち、弟、親族知人たちに助けられ、現在に至ったこと。


生きるということのむずかしさ。

生きるということのありがたさ。

この先は、健康に留意して、子供たちに迷惑をかけないよう、日々を過ごしていきたいと願っています。

令和四年十一月

由紀美

著者プロフィール

由紀美（ゆきみ）

保育園で保育士（保母）を務めた後、会社経営（夫と二人で代表取締役）。
民生児童委員として22年半。
今までは人のために……と働いてきたが、現在は助けられる人生です。

生きていて良かった

2023年９月15日　初版第１刷発行

著　者　由紀美
発行者　瓜谷 綱延
発行所　株式会社文芸社
〒160-0022　東京都新宿区新宿1－10－1
電話　03-5369-3060（代表）
03-5369-2299（販売）

印刷所　図書印刷株式会社

ISBN978-4-286-24114-2